日本古典女性日记

后浪

# 和泉式部日记

[日] 和泉式部 著

沈佳炜 译

江苏凤凰文艺出版社

插图版

图书在版编目（CIP）数据

和泉式部日记：插图版 /（日）和泉式部著；沈佳炜
译 . -- 南京：江苏凤凰文艺出版社，2022.10
（日本古典女性日记）
ISBN 978-7-5594-6967-0

Ⅰ . ①和 ... Ⅱ . ①和 ... ②沈 ... Ⅲ . ①日记 – 作品集
– 日本 – 中世纪 Ⅳ. ① I313.63

中国版本图书馆 CIP 数据核字 (2022) 第 114471 号

# 和泉式部日记（插图版）

[日] 和泉式部 著　沈佳炜 译

编辑统筹　　尚　飞
责任编辑　　曹　波
特约编辑　　沈凌波　许明珠
装帧设计　　墨白空间·Yichen
出版发行　　江苏凤凰文艺出版社
　　　　　　南京市中央路 165 号，邮编：210009
网　　址　　http://www.jswenyi.com
印　　刷　　天津图文方嘉印刷有限公司
开　　本　　787 毫米 × 1092 毫米　1/32
印　　张　　4.75
字　　数　　66 千字
版　　次　　2022 年 10 月第 1 版
印　　次　　2022 年 10 月第 1 次印刷
书　　号　　ISBN 978-7-5594-6967-0
定　　价　　228.00 元（全四册）

一
四月十九日
——
追忆与期待

　　日夜悲叹着男女之情虚幻无常甚于梦境，不觉斗转星移，时已四月十九日[1]。树叶渐呈繁茂，树下浓荫一片。抬眼望向庭前，土墙之上草色青青。这景象他人未必留意，我却深深凝望。正值此际，忽然感到篱笆附近依稀有人影闪过。是谁呢？我正疑惑着，原来是那个曾经侍奉过已故亲王[2]的小

---

1　时为长保五年（1003）夏季四月，作者曾经的情人冷泉院第三皇子为尊亲王（977—1002）去世为前一年（1002）夏季六月。因而作者颇有人死不能复生、四季流转不休的感慨。本书注释均为译注。
2　指为尊亲王。

舍人童[1]。

我正沉湎于忧思之中，遂令侍女传话[2]："怎许久不见，我还总把你当成是往昔的寄托呢！"

"因没有要事不敢随意打扰，小的趁这段时间去参拜了山寺。小的想到自己无依无靠，无所事事，所以现于帅亲王[3]府上听差，就当作是侍奉已故亲王。"小童听了答道。

"这真好。听说那位亲王儒雅高贵，不易亲近……跟以前那位亲王很不相同吧？"

"话是如此，但也有很平易近人之处。今日亲王便垂询道：'你常去那儿[4]吗？'我回禀说：'是的。'于是亲王便吩咐道：'那你就把这个带去，看看对方有什么感想。'"说着，小

---

1 侍奉贵族的杂役少年。

2 平安时期，阶级意识分明，贵族妇女不可与下层仆役直接交谈，遂令侍女居中传话。

3 指冷泉院第四皇子敦道亲王（981—1007），为尊亲王的弟弟，任三品大宰帅，故又被称为"帅亲王"。

4 指和泉式部的居所。

童便掏出一枝橘花。睹物思情，我不禁吟诵起"忆故人"[1]来。

"那小的这就回去了，该向亲王如何回禀呢？"小童问道。

顾虑到口头传言颇具失礼之嫌，又念及这位亲王还未传出过什么绯色轶闻，想着作些虚无缥缈的东西[2]给他也无妨，遂书道：

橘香依依追往事，

不若细听子规啼，

其声可与故人同？[3]

小童回去时帅亲王大概还在廊边，他看到小童在阴影处

<hr />

1　无名氏《古今和歌集（卷三·夏歌）》："待到五月橘花开，闻得昔日袖里香，往事难忘忆故人。"这是一首有名的古歌，讲述了橘花之香引人怀念昔人的袖里之香。敦道亲王赠此花，一方面是安慰沉湎于对为尊亲王的追思而郁郁不乐的女方，另一方面也是向其寻求进一步的交往。

2　指和歌。和泉式部有很明晰的自知，这种和歌赠答的往来是很虚幻的。

3　意谓："橘香确令人感怀故人，但我更想知道你是否与兄长有着同样的心。"

一副若有其事的神情，便垂问道："如何？"待看得小童捎回的信后，便提笔写下：

子规同枝栖，怎会作二声。[1]

将其作为答歌交与小童，又嘱咐："此事有关风月，切不可同他人语。"言毕，返身入内。小童拿来了回信。我拜读之下，不禁感服其文采斐然，但又觉得无须来而必往，遂不再回复。

在收到初首答歌的翌日，亲王又差人送来了和歌一首：

悔诉衷肠徒增恨，今朝愁苦叹不尽。

我本不是一个心思缜密慎重的女子，但无所适从的孤寂令我苦不堪言，因而竟被这首平平无奇的和歌吸引，忍不住

---

1　意谓："我们兄弟如同枝而栖的子规，望你明白我跟兄长其心无二。"

作答：

君曰今朝愁，

可知妾心苦，

朝朝暮暮思。[1]

---

1　意谓："请以你今日的悲愁，想象我日日思念故人的悲苦。"

《子规鸟与杜鹃花》，葛饰北斋 绘

此后亲王那儿便屡屡有信笺送来，我不时也会回复，心中的郁结稍获纾解。是日，亲王又送了一封信笺过来，言辞颇为真挚：

愿与相谈慰君心，莫言吾辈不堪语。[1]

想与你促膝而谈，未知今日黄昏方便与否。

---

[1]　意谓："我想跟你谈谈来舒缓你的悲痛，请不要认为不值得与我交谈而拒绝我。"

我回信道：

闻得一叙慰心眉，

妾自欣然往相赴，

只是身微不堪语。[1]

妾若"江生苇"[2]，唯有饮泣，无以相诉。

于是，亲王便想趁她[3]不备偷偷前去，自白天开始就费心准备，召来平日里传递书信的右近尉，吩咐道："我们偷偷出去一趟。"右近尉当下便明白了，这是要去那个女人那里，遂与同往。亲王乘着简陋的行车来到门前，令右近尉通报：

---

[1] 意谓："若是能得到宽慰我自也欣然乐意，只是我身份低微不足以同你交谈。"此和歌虽咏唱着对已逝的为尊亲王的哀思，但并未坚决地拒绝敦道亲王。

[2] 山部赤人《古今和歌六帖（卷三）》："欲说还休身上愁，江生芦苇萧萧泣。""生苇"与"老足"在日语中谐音，借此来说自己年老色衰。因此时帅亲王年仅二十三岁，和泉式部比他大两三岁。

[3] 在此第一人称转变为了第三人称，后文中亦有多处类此，例如将和泉式部称为"女方"。对于文中人称视角不统一的现象，日本学界尚存争议，未有定论，一说此为和泉式部在日记中偶以客观视角看待二人恋情之故，也有人认为这种现象是表明此日记作者非和泉式部本人，而是后人。

"亲王如此这般来访了。"女方感到十分困扰，可也不能推说不在家，暗忖：白天刚给他回过信，现在明明在家却赶他回去未免太不近人情，要只是说说话倒也无妨……遂令人在西厢房的双开板门处摆上蒲团[1]请他入座。不知是否因听多了世人之语，我觉得眼前的亲王样貌出众，优雅俊美，十分迷人，闲谈间不觉已月出西方。

亲王因而说："太明亮了，我这人挺保守，平素不爱抛头露面，不习惯这样的边缘之所，总觉得心中忐忑不安，让我坐到你身边去吧。我绝不会做出你之前所遇那些男人之举。"

"你可真奇怪，我以为我们今晚只是谈谈而已。你说'之前'是什么时候的事呀？"我不露声色地岔开了话题。

就在这一来二往中，夜色渐渐深沉。亲王不愿就此虚度良宵，乃吟诵道：

---

1　用稻草、灯芯草等编织的扁圆坐垫。

长夜将晓无一梦，此去回首何堪忆。[1]

我听了回道：

长是夜阑香袖湿，衾枕伤心梦难成。[2]

"何况与您共寝，更是……"

"我并不是可以轻易外出的身份。哪怕被你怪罪行为鲁莽……我对你的爱恋已炽热到连自己都心生畏惧。"亲王说着，悄然挪进了我的帘中。

是夜我们许下种种悲情誓约，翌日天明亲王便归去了。旋即又遣人送信[3]言道：

不知别后如何。我竟是出奇地思念你。

---

1  意谓："还没有做成一个好梦今宵就要结束了，日后该如何回忆呢？"此为亲王邀请女方共寝之和歌。
2  意谓："我一到夜晚就因怀念故人哭湿长袖，寝难安，梦更难成。"
3  在当时，男子回去后一般会立刻给女子送信诉情，称"后朝之文"。

且另有和歌如下：

料君视恋若等闲，

今朝吾心却缠绵，

情到深处唯无言。

我回复道：

妾岂将之寻常视，今朝始知苦情思。[1]

　　我的命运竟如此莫测，昔日已故亲王曾对我那么情深意重，可……想到此处，我不禁悲从中来，思绪纷乱。这时，小童如往常一样来了。我想他许是带了亲王的信，可结果并没有，因而心情愈加煎熬。细思自省，我当真是一个风流多情的女子。

---

1　意谓："我并不将之视为寻常，今朝我才知道恋爱的悲情滋味。"此和歌一方面表达了对亲王的情愫，另一方面也反驳了亲王所说的"之前所遇那些男人"，表明"自己并没有与其他男人有过相恋之事"。

小童临归之际，我托他捎回和歌一首：

> 俩盼归心切如斯，
>
> 别后黄昏心无宁，
>
> 君情无信空寥落。[1]

亲王看了这首和歌，心中甚为不忍，可也并未再潜夜外出。且他与夫人之间虽不如寻常夫妻般和睦，但若是夜夜出游势必也会招致疑虑。加之已故亲王临终前受到种种非议亦是因为此女[2]。念及此处，亲王遂十分谨小慎微。然究其根底，大抵是因为他对此女并不殷殷思念。暮色昏黑之际，亲王送来了回信：

> 若言盼归定不负，

---

1　意谓："若是等待一个人，便是此般痛苦的滋味吧，虽仅别后之日的黄昏，但因没有收到你的回信，我竟出乎意料地心烦意乱。"

2　据《荣华物语》记载，为尊亲王的死便是由于不顾瘟疫盛行，潜夜外出，其行之所向便是和泉式部的居所。

奔尔身侧无犹疑，

何须曲书倘盼归。

一想到你认为我轻浪浮薄，我就痛苦不堪。

我回道：

不，妾身岂敢如此。

阶前苔深自悠然，故人前缘今犹在。[1]

可虽如此，若无慰藉之词，那么我的生命便

会如白露般转瞬即逝。[2]

亲王见此信，不觉萌动了外出之念，可又终究举棋不

定。就在这迟疑之中，数日过去了。

---

1 意谓："即便你不来，我也不觉得伶仃无依，因为心知通过和为尊亲王的前
  缘，我们已紧密相连。"

2 化引自无名氏《后撰和歌集（卷三）》："若无言辞慰，命如白露晞。"

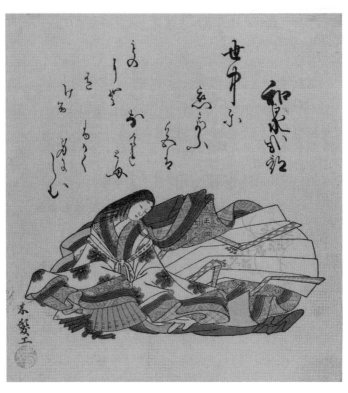

《和泉式部像》，小松屋百龟 绘

　　四月三十日，女方向亲王寄送了一首和歌：


　　　子规初啼私语声，若过今日何时闻。[1]


　　可由于拜见亲王的人士络绎不绝，多有不便，直到翌日
早晨使者才伺机将和歌呈上。亲王见了回复道：

--------

1　意谓："过了今日四月三十日之后，便再也听不到子规的幽鸣了。"在当时，
　　人们认为子规到了五月便会公然啼鸣，而之前的皆为幽鸣之声。暗喻过了
　　今日两人便再也无法幽会了，希望亲王今日务必驾临。

子规悄悄苦吞音，高声嘹歌从今闻。[1]

尔后过了两三天，他特意潜身而来了。女方正思忖着不日去寺中参拜，专于修佛以清净身心，远离俗事。念及亲王长疏不至，想必是恩爱尚浅，故亦无话与他，假托修佛不予搭理，如此过了一夜。翌日早晨，亲王归去后送信言道：

真是过了与众不同的一夜。
恋情如斯世无双，
金风玉露一相逢，
却是枯坐到天明。[2]
委实令我惊讶不已。

听闻此言，我不禁又觉得心中有愧，回函书道：

---

1 意谓："子规忍音吞声实在苦闷，从今天起它要引吭高歌了。"以此作喻，表明自己今后会正大光明地与之往来。

2 意谓："不曾想到还有这样的恋情，好不容易相见了却是无事到天明。"

夜夜思虑愁悠悠，何尝闭目返梦乡。[1]

次日，亲王送函问道：

今日便去寺中参拜吗？何时回来？总觉再见之日比往常更令人急不可待。

我回道：

五月绵绵雨有时，

心中戚戚悲如是，

今宵泪洒长忆途。[2]

我想您该理解我的心情。

---

1　意谓："出于对已故亲王的追思，从未有一夜酣然入眠。"

2　意谓："时期一过，这五月之雨（指梅雨）便会停息，而我的悲思亦是如此。但今晚就让我带着对已故亲王的追思，泪洒道途吧。"

三日后从寺中回来，看到亲王来信：

等待令人心焦如焚，我想去见你，可先前之夜的不悦回忆让我退不敢前，总觉得会遭冷遇。而近日——

原盼日久忘红颜，

怎耐流光酿思情，

今朝恋心败吾志。[1]

万望知晓，此情此念绝非泛泛。

我回信道：

何言恋心败汝志，书信寥落几欲绝。

亲王照例再度匿迹而来。而女方万料不及此，加之连日

---

1　意谓："本以为随着时日的流逝能将你忘怀，可谁料思念是与日俱增将我打败，我今日来拜访你吧。"

诵经备感辛劳，因而困怠入眠，未能听到叩门之声。亲王此前曾听闻些许谣言[1]，便揣度是有其他男子来访，故悄然而返。翌日早晨，他遣人送来信笺，上书：

土杉木门枉独立，长叩不启忒无情。

这或许是恋爱的痛楚，想到此处不觉心生悲戚。

我这才恍然大悟，看来昨夜他来过了，而我竟然疏忽睡去了。遂回信道：

户门深锁无人进，何处窥知妾薄情。[2]

您的推想似乎有些离谱。倘能将心给您看就好了。[3]

---

1 由于亲王此前听闻过"此女浮浪多情"的谣言，故抱有一种不信与警戒之感。

2 此和歌有两层意思，一谓"你如何能通过深锁的木门窥知我的内心"，二谓"我的木门深锁并未让其他男子进入"。

3 引自无名氏《拾遗集（卷恋一）》："倘能将心与君看，世上再无忧愁人。"

是夜，亲王又欲趁夜外出，却遭到身边之人的纷纷劝阻，想到若是传到内大臣[1]及东宫[2]等人的耳中，自己势必会被看成是轻薄浮浪之人，遂收敛心绪不再夜出。如此这般，过了许久。

---

1　指藤原公季（957—1029）。

2　指皇太子居贞亲王（976—1017），即敦道亲王之兄，其后的三条天皇。

《站在长廊旁的宫廷女官》，小松屋百龟 绘

四
寂寂梅子雨
——厌世之念

梅雨淅淅沥沥，连日不绝。长日漫漫，倍感寂寞无聊。在这愁云遮日的阴雨时节，前路愈见迷茫，女方不禁陷入了无尽的忧思之中：虽然追求者甚众，如今却对此毫无兴趣。世上有很多关于我的风言风语，这便是有身之故[1]。就在这思绪纷繁之中，光阴虚掷无踪。一日，亲王送信询问道：

你在这寂寂的雨中如何打发辰光？

---

1　引自无名氏《拾遗集（卷恋五）》："世上何处得隐遁，只缘有身沼苦海。"从中可以窥探得其希望从世间忧愁获得解脱的厌世之情。

同时又附有和歌一首：

相思泪落梅子雨，缱绻缠绵无尽处。[1]

这依时而作的文辞令人颇觉欣喜，但我因收到此信正值心中凄然之际，遂书道：

未知此为相思雨，只道其是吾心悲。

又于一张纸的背面写道：

世事流转唯识愁，

霖雨若能涨河川，

但求此身随水去。

不知何处有救渡的彼岸。

---

1　意谓："或许你以为眼前的是寻常的梅雨，可实际上那是我思念的泪滴化成的绵绵之雨。"

亲王见到此函，急忙回信：

何故欲将此身弃，大雨之下岂独君？

众人皆在苦海红尘间。

《备中：豪溪图》，歌川广重 绘

时至五月五日，淫雨依旧。亲王因感前些日子的回信较之往常更为郁郁，不觉心生怜惜。翌日早晨大雨初晴，便遣人送信云：

昨日雨声骇人，不知你可安好。

我见之回道：

萧萧冷雨打窗棂，

凄凄切切不忍闻，

除君以外再无思。[1]

身居屋宇，衣袖竟濡湿及此。[2]


亲王阅后，更觉言谈有味，另眼相待，遂修函道：


吾亦听雨同思君，

不知孤枕独眠际，

长夜漫漫如何消。


时近晌午，听闻贺茂川水位高涨，众人纷纷出门观望，亲王亦随往同观，后书云：

---

1 由雨打窗棂之声联想到亲王的敲门声，此歌倾诉了独听雨声的孤寂之感。

2 引自纪贯之《拾遗集（卷恋五）》："衫袖不曾入雨湿，身居屋宇竟淋淋。"暗指泪湿衫袖。

不知今时如何？我去观了大水。

大水侵岸深几许，不及吾心恋君情。

你可知我的赤诚之心？


我看了修书回复道：


今时今日仍未至，却道恋情赛大水。

空言何益。


　　亲王获信，遂决意拜访。正命侍者熏香衣物之际，侍从乳母前来拜见，劝诫道："您这是要去何处？我听闻您出行之事已闹得人尽皆知。此女身份并非高贵，您若是有意，将她召进宫来做女房[1]便是，如此轻薄潜行，当真有失体统。况其所往来之男客众多，不知会发生什么不堪事呢。要说这些不好之事，都是右近尉那家伙带起来的。已故亲王亦是他带着

---

1　日本古代在宫中侍奉并被赐予房屋居住的女官的总称。在此文中并非指普通的女房，而是指受主人宠爱的特殊女房。

去的。深更半夜出外游玩，必定不会有好事。我看不如把这个带您到处乱晃的伴侍者禀报给大殿[1]吧。眼下的世道不知是今日还是明日就会发生变故，大殿心中想必也自有打算。在看清天下大势前，还是不要再这样潜行出访为好。"亲王闻言，只敢回道："我能去哪儿，只不过是闲散无聊，临时寻些消遣罢了。并不值得旁人大惊小怪，横加议论。"心中暗自忖度道：虽说此女子身份低微，态度冷淡，但也并非全无优点，不如就将她召进宫中吧。可又转念，倘使这样做，自己的声誉估计会更加恶劣。就在亲王左思右想、思绪繁杂之际，两人渐行疏远。

---

1  大人，对大臣及高位公卿的尊称。一说指当时的左大臣藤原道长（966—1028）。也有认为是指内大殿的藤原公季。

《相模：江之岛图》，歌川广重 绘

六

月夜同车行

———

恋心激荡



　　亲王费尽心思[1]，终于又来了。他先是一脸认真地说："暌
违日久，回过神来连我自己都吃了一惊，不过这不是我的本
意，万不可认为我冷淡敷衍。何况这其中也有你的责任。我
听闻很多人[2]都认为我这样频频来访予他们不便，因而我也
颇感不安，加之又要顾及身份颜面，不觉间日子竟一天天过
去了。"继而话锋一转，"来，唯有今夜，我带你去一个我们
可以从容畅谈的无人知晓之地。"说着他便遣来了车辆，不

------

1　因有上文提到的乳母的监视。

2　指与和泉式部有所往来的男子们。这是从乳母处听闻的。

容分说地让我坐上去，我便稀里糊涂地上了车。虽担心车轮之声为人觉察，但所幸夜色深沉，并无人知晓。亲王命车来到一个杳无人迹的过廊便下车了。外面月色皎洁明晰，亲王固执地唤道："下来吧。"我虽觉颇不体面，还是下了车。"如何，此地再无旁人了吧？我们以后就在这样的地方说话吧。在你家总提心吊胆有所顾虑，怕与谁不期而遇……"亲王絮絮而谈，言辞恳切真挚。天亮后，他让我上了车，说道："我极想送你回家，可天光已大亮，要是被人看到了那就太败兴了。"遂在那里住下了。[1]

归途中，我不禁想：真是不成体统的夜间散步，不知人们会怎么看呢。而亲王立于曙光之中，那俊美无比的姿态又浮现在我的眼前，令人心旌摇曳。我遂写下和歌相赠：

夜落归途尚可堪，曙光逸色不忍别。[2]

---

1 从中可知此地大概是亲王府邸内的某处。

2 此和歌一方面表达了黎明时分的离别之苦，另一方面也暗含了不愿再像此般在外过夜的意思。

真真苦楚。

亲王回函：

朝露初起断肠泪，不及徒然落寞夜。[1]

我可不会依你。今夜你的居所恰处忌避方位[2]，

无法留宿，我接你出去吧。

我心想：这真是不合体统，夜夜如此也太……可亲王如昨夜一般乘车而至，他令车辆就近停下，口内急急唤道："快，快上来。"我虽觉得委实不妥，却仍慢吞吞从屋子膝行而出，挪上了车，来到昨夜之所，与亲王二人彻夜长谈。亲王的夫人则以为亲王是去了他父皇[3]的宫邸。

---

1　意谓："晨起的离别之苦不及寻访而不得之夜的孤苦悲寂。"

2　指和泉式部的宅邸处于亲王宫邸需要忌讳避开方位。这属于阴阳道的说法，当时被人们广为信奉。

3　指冷泉天皇（950—1011）。

黎明时分，亲王呢喃着"鸡啼悲"[1]，悄然同车相送。途中，亲王叮咛道："若再有如此机会，你定要来。"我只得回答："怎可一直这般。"送我到家之后，亲王便回去了。少顷，送来了一封信笺，书云：

　　　　今晨为鸡所惊扰，

　　　　觉此物甚是可恨，

　　　　已将之宰杀 。[2]


　　在鸡羽上又系有信笺一封，上记和歌如下：

　　　　杀之犹难泄吾愤，

　　　　不解风月鸡啼鸣，

　　　　愁煞离人破晓音。

---

1　引自无名氏《古今和歌六帖（卷五）》："情意深深思念长，相逢寥寥聚时短，晓色苍苍鸡啼悲。"

2　实际并没有将之宰杀，亲王为了强调自己的爱情，故有此说。

我回信云：

其声最苦唯妾知，

待君不至夜转白，

朝朝听得薄情音。[1]

每想及此，怎教人不觉得鸡可恨呢。

---

1　对于上首和歌中亲王对鸡鸣的憎恶，和泉式部在此则表明自己每晚都是它的受害者，包含了对亲王久疏不至的谴责。

《信浓：镜台山旁月下更科田图》，歌川广重 绘

七　亲王的怀疑

——爱与不信

　　两三日后一个月色皎洁的夜晚，我坐在外走廊边缘欣赏月色，忽接到亲王的来信，书云：

　　　　眼下你正在做什么，是在欣赏月色吗？

　　　　吾忆前月君可同，

　　　　月色沉沉落西山，

　　　　思不得见空悲叹。

这封书信较之往常更深情有味，我又想到那晚亲王宅邸月色明亮，不知可有人窥见，遂修书如下：

今宵玉蟾不改昔，

引人遐思追旧忆，

心云不霁目空茫。[1]

继而仍旧独自观月，直至天明。次夜，亲王驾临，这厢却并不知晓。我宅中各屋都有人居住，他们亦有宾客往来。亲王看到停靠的车，暗生疑心：停着车，一定是有男人来访。虽然心中甚是不悦，可亲王不愿一刀两断，遂送来书信言道：

不知我昨夜到访之事你是否知晓。想到若是连这都不知晓的话，我便心如刀绞。

---

1 "心云不霁目空茫"的原因是亲王不至。

松山波高亲眼见，今日长雨非等闲。[1]

此时正值雨水霖霖之际。我不禁想：真是莫名其妙，不知是不是听信了妄言。遂回复：

素闻亲王浮浪名，

若论见异思迁心，

孰敢与君争短长。

亲王因仍介怀于昨夜之事，久久没有回信。尔后遣人捎来和歌如下：

愁肠寸断眷恋深，念君万般心无暇。

———————

1 "松山波高"意谓"非常多情花心"。在和歌中"长雨"包含着所思与所见之意，故此和歌意思为："我亲眼见到了你的花心滥情，我昨夜所见与今日所思如这长雨一般绝非泛泛。"

我并非不想回函解释，可又怕亲王觉得我巧言分辩，只得吞下不言，书云：

　　相逢之期无奈何，

　　纵使难会亦无哀，

　　可叹恨海使人离。

《驹形堂吾嬬桥图》，歌川广重 绘

此后，我与亲王依旧疏淡。一个月明之夜，我侧卧着观赏月色，口中吟诵着"澄月可羡"[1]，心中思虑万千，遂作了和歌一首与亲王：

荒宿对月耽昔情，君车不至孰与诉。[2]

---

1 引自藤原高光《拾遗集（卷杂上）》："艰难困苦难渡世，常住无改清辉月。"

2 "荒宿"指没有亲王的居所，"对月耽昔情"指回想起了之前与亲王在月夜下同车而行之情。

向樋洗童[1]说道："把这个交给右近尉。"便打发她去跑腿了。彼时亲王正召众在前相谈，众人退去后，右近尉便拿出信笺交与亲王。亲王阅后立时命道："如往常一般备车。"遂出门而去。

我仍靠在外廊望月，因察觉到有人进来，便垂下帘子。凝神细看，出现在眼前的是亲王的丰姿，每次相逢他总是给人耳目一新之感。这次他身着浆水褪去的柔软直衣[2]，别有一股风流韵致。亲王默默无言，唯将信笺置于扇面之上，开口道："你的使者还没拿到我的回复就回去了，故而……"并令侍者将之送前。因相隔甚远，不便说话，我遂伸出扇子接过信笺。亲王有意入屋。他在前庭的美丽草木间徘徊漫步，口中喃喃"卿为草木之露乎"[3]，其姿态当真优雅倜傥，卓尔不群。他走至近前说道："今夜就此回去了。我本是想来探看那

---

1　做一些清扫茅房等下等杂役的女童。

2　贵族的便服。

3　引自无名氏《拾遗集（卷恋二）》："卿为草木之露乎，思念沾卿衣袖湿。"

晚的男子究竟悄入了谁的屋舍。因明日是物忌[1]之日，如若不在家会惹人起疑……"言毕转身欲归。我不禁咏而歌道：

> 试祈天公降雨霖，
>
> 行空明月可稍驻，
>
> 留影此庭长相伴。[2]

亲王听了只觉我的天真烂漫殊于传言，怜爱之心愈炽，不由得唤着"卿卿"进屋作了片刻停留。临归之际，他又歌道：

> 云居之月催归途，影出此院心难离。[3]

待得亲王走后，我拿起刚才放置一边的信笺，只见上云：

---

1　因忌避某些方位或是不洁而闭门不出，是当时信奉的阴阳道的说法。

2　此和歌中将亲王比喻成了"行空的明月"。

3　"云居"代指皇宫，意谓："因为有物忌不得不回去皇宫，但我的身体虽出了这个门，心却依旧留在此院中。"

君谓望月因思吾，特来此地探真心。

我心想：这位亲王委实出类拔萃，真想让他对我改观，不再听信说我品行不端的传言。

亲王亦觉此女颇具情致，不失为一位抒怀解忧的佳侣。可这时，有人向亲王进言道，"我听闻源少将最近常去那儿，到了白天竟也不走"，又有人说"听闻兵部卿也去了"等等。众口纷纭之下，亲王再度觉其轻薄无比，许久未再寄赠信函。

《近江：琵琶湖石山寺图》，歌川广重 绘

小舍人童来了。

樋洗童素日常与他相谈，遂问道："有亲王的书信吗？"

小舍人童答曰："没有呢。前些日子亲王夜至此处，看到门口停有车辆，想是自此便断了书信。听闻有人在亲王耳边说，这儿似乎常有他人出入。"说罢，他就打道回府了。

樋洗童便来禀道："小舍人童是如此这般说的。"

我不禁心灰意冷：许久以来，我从未对亲王提过任何繁琐的要求，更不曾依赖于他。只要亲王如上回一般能偶尔记挂起我就好，我希望这份恋情长系不断。可万万没有想到，亲王却因区区无稽之谣而疑我至此。

想到此处，便觉身心俱碎，如"忧思几多"[1]所歌一般千头万绪，悲叹不已。

正值此际，亲王的书信却不期而至，上书：

近日不知何故抱恙在身，颇为不适。此前曾数度造访府上，但时机皆不巧[2]，只得败兴而返，只觉你眼内并无我。

罢了休矣已无恨，

君若行舟终别岸，

离吾身畔不可追。

亲王既已听信那些惊人的谣言，再争辩亦是无益，可我依旧心存不甘，想着只此一次，便回函：

泪湿长袖无旁鹜，海女失舟孤伶仃。

---

1　引自无名氏《古今和歌集（卷杂下）》："此身无常转瞬逝，奈何忧思几多苦。"

2　指女方府上有男客。

《月百姿：“生无所盼，不如沉入波涛。兴得见我月宫良人。（有子）”》，
月冈芳年 绘

　　如此这般，时已七月。七日，那些沉迷风流之道的男子
送来了许多吟咏织女牛郎星的恋歌，但皆不入我眼内。按理
在这种时节，亲王本该不失时机地寄送和歌过来才是，看来
他委实已然将我忘怀。正如此怅然忧思之际，亲王的信笺便
到了，其上唯和歌一首：


　　　　可曾自比织女星，望断天河思离人。[1]

---

1　此和歌中亲王将自己想作织女星，暗舍了对和泉式部情夫众多、无暇顾及
　　他的嘲弄。

即便是这样古怪的和歌，依旧不离七夕之景，一想到此，我便喜不自胜，回信云：

君望之空不曾览，织女见弃心悲然。[1]

亲王阅之，越发觉得无法绝情断义。

月末时分，亲王送信来言：

你我甚是疏离了，哪怕偶尔也好，何故一次都不曾送来消息？想是我不在其间[2]吧。

我回复道：

君定安寝无惊觉，

---

1 女方反指责亲王来得少，连一年一次都不到，故曰"织女见弃"，"织女"指亲王。
2 暗讽和泉式部情人众多，自己不在其列。

可知秋风吹荻花，

长夜无休唤君音。


亲王立刻就回书言：


卿卿啊，你是说夜半惊觉吗？常言道"长相
思，夜无寐"[1]。你可想得太轻巧了。

荻风若有招引意，

终宵无眠待其声，

问吾今夜可惊觉。


如此过了两日。黄昏时分，亲王突然引车而至，入庭而
下。因尚未于日暮之前的天明时刻相会，我甚觉羞赧，可又
无可奈何。亲王说了些无关紧要的闲话，就乘车而返了。

之后不知又过了几日，在我望穿秋水的等待中，亲王并

---

1　引自《贯之集》："孤心寂寂长相思，难波河畔苇根白，寒夜难寐谁人知。"

未送来只言片语。因而，我不禁修函道：

　　苍凉寥落残阳尽，

　　流光消散始得悟，

　　秋暮之思愁煞人。

　　所谓人可真是！


亲王阅后回信如下：

　　这段时日久疏问候了，不过，

　　流年易抛情不改，秋夕微明相会时。


　　我便是借这些漫无边际、不可凭依的和歌聊以自慰，勉力生存，想来真是可悲可叹。

《月百姿：银河月》，月冈芳年 绘

如此便到了八月。为了宽慰寂寞寥落的心情，我便去参拜了石山寺，意欲参笼[1]七日。亲王念及已长久未曾联络，遂打算给女方写信。谁料当差的小舍人童却托人禀报道："前几日我去那里时，听闻她这段时间正在石山寺参拜。""既然如此，今日天色已晚，那就明日早些去吧。"亲王说着，书就信笺一封交给了小童。小童去到石山寺之际，我虽不在佛前，可因满怀的故土之思，又念及此番参笼已是物是人非，不胜身世之感万千，悲慨不已，故而愈加虔心祈佛。我忽觉

---

1　指一定期间内闲居在神社、寺院等中祈祷。

栏杆之下有人影闪过，颇感疑惑，俯身向下一望，原来是那个小童。

对于小童的意外到来，我一阵欣然感动，问道："你怎么上这儿来了？"小童呈上一封亲王书信，我比以往更急不可耐地打开一看，只见上书：

> 听闻你入寺参笼，信坚志笃。为何不将其中缘由告知于我，莫非是认为我会成为你修行佛道的阻碍吗？若你弃我而去，我将不胜哀戚。

更有和歌一首：

> 逢坂之关今朝越，恩爱不绝望君知。[1]
> 不知你何时出山。[2]

---

1　逢坂之关，位于逢坂山的关口，被视为交通要道上的重要关隘，寓意男女相会之难关，越过逢坂关则意指男女历经艰难而相会。
2　指从石山寺回来。

当初亲王虽近在咫尺却疏远如在天际，而今他这般费心遣信而来自是令人不胜欢喜，当即回复道：

路失近江忘相会，越关穿隘谁人问？[1]

蒙您垂问何时归返，可我此番于山中参笼并非

轻率之举。

参笼山中忧思纷，

打出之滨何时看，

返土归乡未有时。[2]

亲王见信，对小童说："哪怕千阻万难也要去。"我观其回函中书云：

你明知故问，真教人愕然。

---

1　石山寺位于近江，在日语中"近江路"与"相逢路"谐音，故此和歌意
　　为："我以为你已忘了相会之路，但这不畏艰险穿过难关送信而来者又是哪
　　一个人呢？"

2　打出之滨位于琵琶湖畔，从石山寺返回都城的途中。

逢坂之山越无益，假意忘怀君何忍。

又及，

虽云参笈避世忧，

但求出山一相会，

琵琶湖上共观影。

有道是："但逢忧思将身投，峡谷深渊日日浅。"[1]

而我则仅作答云：

泪魂飞过逢坂堰，

化而流入琵琶湖，

奔流至都君身畔。

---

1　引自无名氏《古今集·俳谐歌》："但逢忧思将身投，峡谷深渊日日浅。"

并在信笺的一端写道：

> 欲知山寺隐居意，君可自来相邀探。

亲王展信后，虽心中亦想去个出其不意，可这又如何使得呢。

就在此期间，我从山寺中回来了。亲王送来书信云：

> 你在信中言需自来相邀探，却又忽然从山中回来了。
>
> 怪哉奇也莫可猜，
> 佛道山居半途止，
> 竟是谁人邀归来。

我唯以和歌一首作答：

弃却佛山返暗路[1]，只为与君一相逢。


月末时节，疾风凛冽，寒雨潇潇，带着台风欲来之兆。我的不安与愁闷之思较往日更甚。正值此际，亲王的书信恰至，照例颇得风情雅致，我心下便宽宥了他连日无讯之过。上面书云：


相见不得徒叹息，

望断秋空风云涌，

骚忙动乱似吾愁。


我遂作答曰：


秋风细细引人悲，何堪阴云遮天日。[2]

---

1　暗路，指烦恼诸多的俗世。《法华经》中曾将现世称作暗夜行路。

2　在日语中，"秋"与"厌"谐音，故在"秋风微拂便引人悲伤"的表意之下，又蕴含着"亲王一点点的厌恶都令我悲伤不已之意"。

亲王阅后，得知此女心情必如其歌所云。一如往常，任那时日空空流去了。

《信浓：盐尻峠图》，歌川广重 绘

　　九月二十几日，明月悬空的拂晓，亲王转醒，心内不禁想道：许久不曾相见了。啊，她现在是否望着同一轮明月呢？不过没准她正和其他男人在一起。可即便如此，亲王仍照例带着小舍人童来到了女方宅邸，命其叩门。女方正卧床难寐，思绪联翩。这段日子，兴许是由于时届季秋，女方总觉心中孤零不安，比往日更感悲戚不胜，此时正值沉思冥想之际。听得叩门声，女方不由得心下疑惑，想究竟是何人，遂唤了唤睡在前边的侍女，意欲遣她去问问，可无奈她酣睡正熟，久叫不醒。好不容易起来了，正当她左摇右撞、手忙脚乱地前去应门之时，叩门声止息了。看样子是回去了。对方一定认为我贪睡懒起，是个没心没肺的女子吧。不过没想到居然还有人同我一样对月怀忧、尚未入眠，究竟是谁呢？在侍女的催促下，下役男仆终于也起来了，他出去看了一遭，嘟嘟囔囔抱怨道："半个人影都不见！一定是听错了，大半夜吵吵嚷嚷让人不得好睡，女主人也真是一惊一乍。"说着，回去又睡下了。

我一夜无寐，怅望着雾气笼罩的天空渐渐转明，颇觉感慨，正将这拂晓之事叙于纸上之时，亲王的信笺照例送达了，但见上面书云：

秋宵有明[1]月挂空，未及西沉怅归途。

---

1　有明，指阴历十六夜以后，月亮还挂在空中天就要亮的时候，亦指当时的月亮。

我暗自忖度，他一定认为我是个不解风情的女子，同时一面又想到，亲王果真是一位不错过任何时节情致的人物，他的确与我同览了那令人心旌摇曳的秋夜月空。我不禁心下一喜，将方才随感般的笔墨折成细细的纸结给亲王送去了。上面写道：

　　风声激越，似要吹尽秋叶，这番光景引人备感寂寥。乌云蔽空，昏暗沉沉，微雨点点，亦使人愈添孤清之感。

　　秋景添悲泪蚀袖，向谁借袖时雨[1]中。

　　无人知晓我的悲切。草色日渐不同于向前，虽时雨之节尚遥，可寒风已然带来了它的气息。草木怆然，披靡倒伏。望着它们，我不由得联想到此身的危不可恃，若白露般转瞬即逝。见此草叶，悲从中来，我并未回屋，卧于廊缘，睡意全无。众人

---

1　时雨，秋末冬初之际忽下忽停的雨。

皆酣然入睡，可我却思乱如麻，心神难定，独卧无眠，悲叹自身境遇。忽闻得隐约传来大雁啼鸣，他人未必听及此声，可我却顿觉悲怆难挨。

长宵漫漫不成眠，大雁哀鸣夜夜闻。

与其在大雁声中消尽残夜，不如起身赏景。如此想着，推开妻户[1]向外望去，茫茫夜空中皎月西倾，清辉广洒，可却又雾气朦胧，钟声与鸡鸣交相呼应，融为一体。过去之事、当下之事、未来之事齐齐涌上心头，真真再没有比此刻更令人感慨万千的了。就连沾衣之泪也似乎更为深切而与往常大为不同。

此心此情有谁同，

独醒无眠长月夜，

多愁善感有明轮。

倘使此刻有人敲响我的家门，那我该多么欣然

---

1　建筑四隅所设的双开板门。

而喜呀。然而，究竟会有谁与我一样消此永夜呢？

　　同心共月者为孰，未知当向何处询。


　　亲王的信笺送达时，我正打算将如此文墨呈送于亲王，遂一字不改原样奉上。

　　亲王展阅，甚觉此信意蕴隽永，读之有味，遂欲趁我仍涵于此思之际作出回复，书毕即刻遣人送达。我当时正望着外头怔怔出神，未料及亲王的回复如此迅速，不觉感到几分失落[1]，展信一看：


　　　　秋景添悲泪蚀袖，蚀袖之人非君独。

　　　　非为白露瞬息逝，何不效菊长寿命。

　　　　长宵无眠雁哀鸣，此声实自君心出。

　　　　此心此情竟有同，一般思绪共月轮。

　　　　同心共月两处愁，朝访不成空遗恨。

---

1　因为女方的随感是花费了大量心血写就的，而亲王回复如此迅速，以为其
　　内容简单，故感到失落。

门扉久叩不启，真教人遗憾。

读毕，我不禁欣然而喜，亲王果然是一位值得寄送随感之文的对象。

《丹后：天桥立图》，二代广重 绘

月末时分，亲王捎来书信，在寒暄了种种这几日久疏问候之语后说道："我有一项不情之请，因一位素日常相交谈的朋友将出远门，我想赠她一首会令其情不自禁发出感动之词的和歌，想来唯有你所寄赠予我的和歌令我深受感动，故而特想央你代为作咏一首。"我的眼前浮现出他洋洋得意[1]的样子，可要是直言拒绝道"代咏之事恕难从命"亦显得我狂妄

---

1　亲王故意向和泉式部展示自己亦有关系亲密的女性朋友的得意之色。

自大，便只简单回复："您口中的精妙和歌岂是我能作得的。"
继而代为作道：

> 君若秋闱行将远，
>
> 不解吾心断肠音，
>
> 但求泪光留离影。
>
> 虽已倾力为之，可所成之歌依旧令我羞惭。

又于纸的一端附言：

> 又及，
>
> 离君弃者将何往，
>
> 苦海[1]难渡浮沉世，
>
> 妾犹埋首勉做舟。

---

1 "苦海"一指自己不幸的人生，同时也指与亲王二人的苦恋。

亲王阅后回书云：

　　若盛赞那首和歌完美无瑕，倒显得我有多精于此道似的，其心有愧。但另一首所谓的"苦海"则太牵强消极了。

　　离去之人不可追，愿在卿心为无双。

　　若如此，虽人生苦多，亦可勉力前行。

《隅田川：真崎和水神之森图》，歌川广重 绘

十
四

十
月
，
手
枕
之
袖
1

——
爱
恋
高
涨

就在此间，十月悄临。十月十日前后，亲王到访。因屋
内昏暗阴森，亲王便横卧在近缘之所娓娓道来，谈天说地，
令人感慨良多，颇觉闻之有益。月亮在云中时隐时现，其时
正当时雨之节。这光景似是故意渲染出一种悲愁情致来，令
我在思绪纷杂之上更添了几分颤栗惊心之感。亲王睹之，心
下暗忖：世人皆道此女子荒诞不经，委实怪哉。她不正静静
地卧着吗？继而愈发觉得她惹人怜爱，见女方思虑繁杂，伏

---

1 指男女幽会同眠之际互相枕靠的手臂之袖。

卧假寐，便轻轻推醒道：

> 时雨白露不沾衣，
>
> 夜半私语共眠时，
>
> 手枕之袖竟濡湿。

我因目之所及俱是伤情，并无心作答，唯在月光中黯然垂泪。亲王见此，心中更是怜惜，问云："为何不作答呢？是我说了些胡言乱语，惹你伤心了吧。真教人心疼。"我听了便戏语道："不知何故，心神纷乱得厉害。您之所言我并非塞耳未闻，瞧着吧，所谓的'手枕之袖'我怎会有片刻忘怀。"以此混了过去。就在这种种细语间，撩人心弦的夜晚倏然而逝。

翌日清晨，亲王念我孤伶无依[1]，柔弱可怜，遂遣人送信问：

---

1　指亲王意识到和泉式部似乎并无与其他男子有往来，是自己误解了她。

不知现在如何了。

我回复道：

浅眠梦泪沾衣露，初阳始升应无迹。

亲王见真如前夜所言"不忘手枕之袖"，不由得觉其饶有情致，复歌云：

梦泪点点沾衣露，袖湿斑斑不堪卧。

为那夜的空光声色所感染，亲王许是动了真情。此后便对她牵肠挂肚，频频探看。在此期间，逐渐发现她实非一个世故轻薄的女子，唯见其孤伶无依之状甚惹人怜，便愈发与其真心相待，言道："想必你常如此忧思寂寂打发时日。虽我尚未做好全然的准备[1]，但你只管来。听闻世人皆道我此番行为荒诞不经。虽我仅是偶尔造访亦未曾被人亲见，可即便如此，人言依旧刺耳。又加之时常访而不遇，徒然归返，平添寥落之感。总觉得自己似乎未被放在心上，故而也会不时思考究竟该如何是好，可或是因我比较保守念旧，一想到要断绝关系便悲伤不已。话虽如此，我终究不能一直这样来，若是传开去遭到制止的话，怕是真如'行空之月'[2]般无法再见了。倘你真如所言生活寂寂[3]，何不搬去我的府邸？虽那儿也有人[4]，但我想也不会发生什么不愉快之事。如此外出本不合我的身份，亦不会将女子藏于无人之所以期幽会，就连参佛修道我也是独自一人，因而若是能与你一心无二，畅所欲言，我便甚为欢喜了。"听他如此说，我心下暗想，虽事到如今，可我又如何能习惯那陌生的生活呢？先前侍奉亲王的

---

1 指还未彻底下定决心。

2 引自橘忠基《拾遗集（卷杂上）》："愿君相思勿忘怀，虽如碧云隔红尘，行空之月会有时。"

3 意在强调倘若与其他男子果真没有瓜葛。

4 指其妻子。

兄长师贞亲王[1]之事亦是不了了之，而眼下也无人引导抵达"山之彼方"[2]，可照如今这么虚度辰光，亦只觉是迷失于无明长夜之中。因昔日无理骚扰戏谑的男子众多，世间便多有流言。但是，我亦无其他可凭依之人，不如就按亲王所言一试吧。虽然亲王有妻子，但听说他们一直是分而居之，万事皆是由那位乳母料理。倘若好出风头引人注目自是另当别论，但我若只是安分守已默默无闻，想必也不会有什么。如此一来亦多少能打消些亲王对我滥情的疑虑。如此思索再三后，我乃开口道："世间万事，总不得遂意。而在这日日的愁绪中，等待您的来访是我唯一的慰藉。您说什么，我都悉听尊便。可眼下即便我们身处两地，刺耳的谣言依旧不绝于耳，更不要说搬入您的府邸了，到时候人们一定会想谣言果然是真的，这是我所羞于面对的。"亲王听了说："想是我这边才会被指责非难，谁都不会觉得你行为失检。待我安顿好一个

---

1 即后来的花山天皇（968—1008）。

2 引自无名氏《古今和歌集（卷杂下）》："吉野山之彼方宿，若得此处为居所，俗世苦海得隐遁。"

《知立: 八桥菖蒲传说图》, 歌川广重 绘

人目不至的地儿，就叫你过来。"亲王的语气沉稳可靠，在拂晓将至的浓黑夜色中他便回去了。

格子门[1]依旧向外敞吊着，我独自卧于近缘处，一时心乱如麻：究竟该如何是好呢？会不会为人耻笑？就在这时，亲王的信笺送达了，书云：

> 黎明归途露满径，
>
> 戚戚别泪与晨露，
>
> 湿尽昔日手枕袖。

手枕之袖本是一件脆弱无凭的小事，可亲王咏之不忘，令人备感其心。

> 草露沾衣不眠人，
>
> 吾心为君深挂牵，

---

1　位于两柱之间的门，分为上下两部分，上半部分可以向外吊起。

手枕之袖泪难干。

当天之夜，月光分外澄澈皎洁。女方与亲王皆彻夜对月无眠。翌日早晨，亲王如往常般打算差人送信去，正问着"小童[1] 来了不曾"之际，女方那厢似乎亦惊于霜降大地一片白茫之景而咏成一歌：

辗转反侧无眠夜，

相思泪落手袖霜，

晨起探看素素白。

亲王览后，颇觉不甘，想着居然被抢了先，乃吟道：

由是思妻难成寐，相思情落大地霜。[2]

---

1 负责送信的小舍人童。

2 此为亲王对女方所咏和歌的前半部分略作修改之句，完整的应为："由是思妻难成寐，相思情落大地霜，晨起探看素素白。"

恰吟成，小童终于来了。面对亲王不悦的诘责，小童心想：主子必是恼我来得迟了。接到信后，小童立时赶往女方居所，禀道："在您的和歌还未送达前，主子就传唤了小的，可因迟迟没有参上，就把小的狠狠训斥了一通呢。"说着他便取出诗文，只见上书：

昨宵之月甚为美丽。

后又附有和歌一首：

共寝夜月君可见，

今朝无寐待音书，

霜降皑皑无人问。

果如小童所言，确为亲王的和歌在先，我想及此处亦觉满心欢喜，乃复歌云：

一夜望月未曾眠，

君似对月至晨朝，

未知此系真亦假。


因又想到小童方才所说的"被狠狠训斥了一通"甚为有趣，我便在信的一端写道：


初阳照霜融无迹，

愿君之怒如此霜，

化而无使童见责。


又附言：


小童似乎十分忧心忡忡呢。


很快，亲王那便有了回音：

今天看你信上一脸得意，我便很不甘心，甚至都想把那个小童杀了呢。

道是晨霜见日消，依今空色难将融。

我看毕回书云：

竟然说要杀掉，

思君不至空传书，

文使小童聊慰情，

尔后再无遣来意？

亲王展信而笑：

文辞字句尽在理，

小童性命无诛之，

隐妻[1]之言不使违。

手枕之袖似乎已被忘却了呢。


我见之回函道：


恋心悠悠人不知，手枕之袖何曾忘。


亲王又回云：

倘若无言默然处，手枕之袖料应忘。

---

1　隐妻，指隐人耳目的妻子。

《枫树枝上的暗绿绣眼鸟》，歌川广重 绘

其后的两三天，亲王那并无传来只言片语。他听来沉稳可靠的言辞，究竟如何呢？这个犹疑在我脑中徘徊不休，以致我难以成眠。我睁眼而卧，想着夜愈来愈深了。正值此际，忽听得传来一阵叩门声。对于来者为谁，我浑然没有头绪，遂命人去应门相询，不曾想竟是亲王的信函。这于意外时刻到达的信函令我不禁满心喜悦：莫非是心意相通？遂推开妻户借着月光展信而阅，但见和歌一首：

> 未知君亦见之否，
>
> 夜阑秋静旷无云，

月悬山巅照四野。

我不由得举头望月，深觉此歌较之以往更动人心弦。回过神来突然想到，门外的送信使想必等得焦心了，便亦以一首和歌相应：

心知夜阑难成眠，

秋月如练忧思长，

唯有低头不望空。

亲王览信，大为惊叹，不由得坚定了决心：此女子果然不俗，真想将她置于身畔，听她吟咏这些宽心解忧的和歌。

约二日之后，亲王乘着女式车[1]悄然来访了。因此前未尝于白昼相见，故而感到心有畏怯，羞赧不已，但亦不能躲而不见。并且若真如亲王所言搬去其府邸，亦不能如此羞赧，

---

1　为避人耳目之需。

想到此处，我便膝行而出。亲王絮言了些近日音讯暂息的事由，又稍作休卧，说道："你就如我所言，快快下定决心吧。像今日这般的匿迹潜行总令我忧心重重。可话虽如此，若不来见你则又会牵肠挂肚。我们的关系虚无缥缈，这令我十分痛苦。"我听了回答说："无论如何，我内心都是愿意依您而行，但又听闻有'见而叹息'[1]之事，因故烦恼不已。"亲王闻言道："好，那我们就走着瞧，看会不会如'烧盐衣'[2]一般，愈是相熟愈相恋。"言罢，他便走出了屋子。

庭前篱笆处，檀树之叶已微染红迹，十分赏心悦目。亲王见之，遂折了一支，凭依在栏杆上，吟咏道：

爱之私语犹檀叶，转而为红情意浓。

我遂接口道：

1　引自无名氏《古今和歌集（恋五）》："初时相见复想见，尔后惯心生厌心。"
2　引自柿本人麻吕《古今和歌六帖（卷五）》："伊势渔人烧盐衣，日渐相熟恋心增。"

还只道白露微着。[1]


亲王闻之，不由得觉此女果真意趣不俗。而女方亦觉亲王英姿飒爽。他身着直衣，其下内褂美不可言，衣裾稍露，那模样简直无可挑剔。女方不禁怀疑是否连自己的眼睛都因多情而变得迷离虚幻。


次日，亲王送来信函：


昨日你那一脸羞怯难堪令我难过，却又引我怜惜不已。


我回信道：


---

1　喻意："两人虽交往浅浅，不曾想却已情深至此。"

葛城之神同吾思，白昼架桥容颜羞。[1]

实在是觉得羞愧无颜。


亲王回复如下：


若有役之行者力，葛城之神岂任之。


诸如此般，亲王比以往来得更为频繁了，故而我心中的那股寥落之感也得到了些许宽慰。

---

1　役之行者命葛城神在久米路修筑连接葛城山与金峰山的桥梁，葛城神因自
　　觉形容丑陋，羞于在昼间现身，只于夜间工作。此和歌便是由这个故事而
　　来，女方以葛城神自喻，意为："自己容貌丑陋，羞于在白昼见亲王。"

《秋海棠与蜻蜓》，歌川广重 绘

就在此间，一些浮浪之徒或是寄来书信，或是亲自前来在门前徘徊不去，这势必又会引发不好的谣言，我遂想不若就搬到亲王的府邸去吧，可心中却仍有些畏怯，迟迟难以下定决心。在一个白霜铺地的清晨，我向亲王寄咏道：

千鸟不曾告君知，

终宵无眠霜降袖，

大鸟[1]之羽亦覆霜?


亲王览后回歌云：


闻君尝言不望月，

晨霜不落酣睡人，

何比大鸟翅霜白。


且于薄暮时分，亲王便立时赶来了，相邀道："这时节山
中红叶不知该有多美，来，我们一起去看看吧。"我听了答
应道："这真是极好。"可临到当日，却不得不闭门不出，唯
向亲王传信：


今天正逢物忌之日。


---

1 "大鸟"意指亲王。

亲王闻之，复函曰：

唉，真是遗憾。既如此，等物忌结束之后一定
要去啊。

可当晚的雨较之往常更为猛烈，听来似乎众木之叶都被
摧零无遗。我难以入眠，口中呢喃"命如风前"[1]云云，心中
惋惜不已，想着红叶都该凋谢了，真后悔昨日未去，如此这
般直到天光俱明。早晨，亲王遣人送来书信：

神无之月时雨降，

今日长雨亦比寻，

不知为吾哀戚泪。[2]

你若如此想，那就太遗憾了。

---

1　出自佛典《俱舍论》，指寿命如风前灯烛。

2　意为："你大概将今日这长雨视为十月的寻常时雨，而不知其实是我的哀
戚之泪。""神无之月"，指阴历十月。

我修函回复：


衣袂濡湿何所故，

时雨亦或相思泪，

终宵无寐沉思索。


又言道：


说起来，

夜半时雨摧无情，

山中红叶飘零否，

当悔昨日负浓情。


亲王阅后回书如下：


君之所言甚然也，何故昨日不一往，今朝悔之

已徒然。

又在纸的一端吟咏道：

红消叶尽疾雨凋，

或有所遗未可知，

何不同往一探看。


我看了回复道：

常绿之山无改颜，

若其林叶转为红，

欣然同往相寻问。[1]

您忘了吗？[2]


前阵亲王到来时我曾以"因有不便，无法相见"为由拒绝，但他想是忘却了。我遂寄咏道：

---

1 常绿之山自不可能转而为红，此为女方对亲王的揶揄。
2 此句语义不详，未有定论，暂从此解。

高濑扁舟引颈盼，

芦苇障塞已无妨，

君可自来无须忧。[1]


亲王似乎真忘得一干二净，回信道：


入山觅红当驱驾，

高濑扁舟如何行，

崎岖险峻不可近。[2]


我又回函云：


待君红叶何苦恋，

高濑扁舟非为它，

---

1 此句意谓："前时的不便已经消去了，你可自来无妨。""高濑扁舟"喻指亲王。
2 从此和歌中可以看出，亲王未领悟女方的意思，满心入山寻访红叶之思。

来得妾畔展相思。

　　亲王收到书信后，日暮时分便过来了。因我这边正位于当忌方位，亲王遂将我悄悄带了出去。

　　由于这段时日，亲王正值四十五日方位忌，故暂居于其表弟从三位右中将[1]之宅邸。因非惯常之所，我不由得说道："真难为情。"可亲王全然不顾，硬是连人带车地停进了驻车处。尔后他便进了宅邸。我孤身一人被留于车上，惊恐万分。待得夜深人静后，亲王又返回车中，叙言款款，海誓山盟。不明就里的宿直[2]在周围徘徊巡逻。右近尉与小童照例待侍车旁。此时亲王对眼前的女子一往情深，回想往昔之日对她不可置否的态度，不禁感到后悔不迭。想来亲王还真是任情恣性。[3]天亮后，亲王立即将女方送回家，又趁众人未起之时急忙赶回，并于早晨之际送信云：

―――――――――――

1　指藤原兼隆（985—1053）。

2　旧时按照职务在宫中或衙门值夜班负责警戒的人。

3　此为作者对亲王的批评之语。

难忘同卿共枕夜，

从此长夜梦惊宵，

今朝伏见起未卧。[1]


我看了回咏道：


与君初逢之夜始，

妾身茫然不知往，

荒唐无稽泊旅宿。[2]

1　意为："自从与你共眠以来，我时常夜半梦觉，而今更是身在伏见，却反不
得眠。"伏见，地名，京都南部地区，盖为其表弟藤原兼隆所处之地。日
语中"伏"与"卧"谐音。

2　意为："自从与你相遇，我便不知该何去何从，昨夜更是荒唐到夜泊在外。"
泊旅宿，指夜泊其表弟之宅的驻车处。

《请地秋叶境内图》，歌川广重 绘

　　面对亲王的如此深情厚谊，我又如何能佯装不知、漠然处之呢？遂顾不得其他，决意移入王府。其间亦有人给予我以真心忠告[1]，但我皆置若罔闻。想着既已是多忧常悲之身，不如就听凭了这宿世之缘。虽此番进府入侍原非本意，本是想隐遁洞窟之中[2]以躲避红尘忧思，但倘若到时又遇到不胜烦忧之事，又该如何呢？想必旁人又会觉得我出家实非真心

---

1　指移入亲王府后将会面临一系列现实问题。

2　引自无名氏《古今和歌集（卷杂下）》："何处洞窟居，无闻俗世语。""洞窟居"意指出家。

而闲言碎语。还是放弃出家就此听天由命吧。这样既可就近照料父亲[1]与兄弟姊妹[2]，亦能看护昔人骨肉[3]之前途。我既意决如此，便忖道：无聊至极，至少在入府前，不要再传出什么流言蜚语入亲王之耳了。一旦日后伴侍左右，亲王总会知晓我的为人。遂命人对那些写来情信的登徒浪子严词拒绝，不予回复。

亲王送来书信，我展信而阅，但见其上唯书：

我竟然相信你与其他男子没有瓜葛，真是愚蠢啊！

便再无多言，只附上一句：

不识君。[4]

---

1　指大江雅致，生卒年不详。

2　盖指其妹。

3　指与前夫橘道贞（？—1016）所生之女（即日后的小式部内侍（999—1025））。

4　引自在原元方《古今和歌集》："他人未可知，吾惜浮浪名，今昔不识君。"
　　意为："我不知你是如何想的，我珍惜自己的名声，不愿有浮浪之名。事已至此，只好说我跟你过去将来都不再有瓜葛。"

读毕，我不禁觉得肝肠欲摧，恍若晴天霹雳。空穴无凭的风言风语至今不绝如缕，我总以为无稽之谈辩之无益，始终听之任之度日至今。然而这次亲王之信却如此严词厉色，想来其怒非虚。我决心入府之事，想必已有人有所耳闻，事到如今又遭弃的话，岂不成了众人笑柄。一念至此，我不由得悲从中来，无心回函。加之不知亲王听信了何种谣言，我更觉心有所忌，无法作答。如此一来，亲王便以为我是对他先前之信胆怯心虚，遂又修书道：

　　为何不回复？果然谣言为真，你变心真是快得令人措手不及。因为人们都在流传关于你的风言，我想总不会是真的吧，便以"情深意坚无所惧"[1]之心，向你写了上一封信罢了。

闻得此言，我心下稍宽，好奇亲王究竟听到了何种传

---

1　引自伊势《古今和歌六帖（卷四）》："纵使人言若藻繁，情深意坚无所惧。"此歌表示亲王并非在指责和泉式部。

言，遂修函道：

> 您若真是这样想的话，
>
> 今时今刻盼君至，
>
> 思慕之情难以抑，
>
> 声名可惜不敢前。[1]

亲王回复：

> 声名不敢为吾损，为他人便损得哉？
>
> 岂止谣言起，吾心都为之愤怒。

亲王必是见我苦恼忧愁，故意揶揄取笑。我念之及此，
愈发觉得心中苦楚，遂回以：

---

1　意为："我希望你现在就来到我的身边，虽然我的相思之情不可抑制，但碍
于名声颜面不敢率然入府与你相见。"

妾心实苦，真想将心掏付予你看。

亲王览后，以歌作答道：

莫疑莫恨心中念，无奈心意不相随。[1]

我亦回歌云：

但求恨心无断绝，深信之情犹有疑。[2]

不觉间，暮色昏沉，亲王驾临。他絮絮而言："人们对你议论纷纷，我心下疑虑，故而写了那样的信。倘若你不愿被人如此非议，就到我那儿去吧……"拂晓之际，亲王归返。

---

1  此和歌坦率地表达了亲王的矛盾心情，即"虽欲相信和泉式部，可又无法彻底消去自己的怀疑怨恨之念"。

2  此和歌的主旨在于向亲王表明："哪怕是绝对信任对方，也会有因疑生恨之时，所以无须为此烦恼，因为这才是爱情本身。"

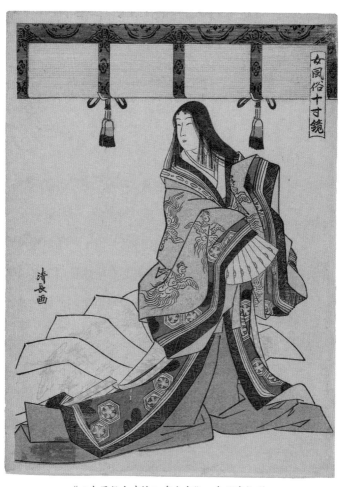

《＜女风俗十寸镜＞奥女中》，鸟居清长 绘

如此这般，亲王书信不绝，却再无驾临了。哪怕疾风骤雨之日，也不曾来访。我因而不由得心有所思：亲王难道不再顾念我这儿清寂少人、风过之声尤添孤凉了吗？遂于黄昏时分修书寄去：

霜枯衰草悲别离，

秋风寂寂荻音响，

君犹探看慰清凄。[1]


亲王那儿来了回信，但见上云：


我正深深牵挂着你，不知你是以何种心境倾听着这骇人风声。

霜凋草叶众人离，

而今除我无人问，

狂风音下何所思。

无法亲自前来，只能遥寄相思，委实悲苦难耐。


亲王此番言语实获我心，我不禁备感欣然。尔后，亲王照例派车前来，遣人传言道因方位之忌，现正于一隐蔽之所相待。我心想：事到如今，就尽遵其旨吧。遂依言登车而往。

---

1　意为："草木因霜冻而枯萎，见之心中悲情不胜。而先前秋风吹荻之时，亲王犹来探看。"隐含了对亲王长久不来的埋怨之情。

我们朝暮不离，款款而谈，孤寂寥落之感尽消，一时唯欲当下就移入亲王府邸。然而方位忌期已过，我便回到自己的居所，可脑海中满是亲王的音容笑貌，思念之情较往常更炽。眷恋难耐之下，遂作和歌相寄：

平生多寂寥，

今屈指算来，

唯昨日无忧。

亲王展阅，见此歌，愈发爱怜不已，回复道：

吾亦有同感。

前日昨宵[1]思无忧，其乐怡然今可再？

心有此念，却无可奈何。但盼你早日下定决心移入吾居。

———————————

1 从"前日昨宵"一词中或可推断女方在亲王处住宿了两晚。

信上所言如是，可我始终有所顾忌，难以下定决心。就在这徒然的忧思中，时日又空空流去了。

树上色彩斑斓的秋叶已凋落无几，天空明净澄澈，望着夕阳缓缓西沉，我不禁心生一种悲寂无依之感，遂照例向亲王寄函：

虽知有君相慰伴，昏暮依旧使人悲。[1]

亲王见后复信曰：

昏暮向来使人悲，

咏叹为先情思敏，

心机玲珑莫过君。

想到此处更觉你惹人怜惜，真想即刻与你相见。

---

1　借咏叹冬暮的感伤情致，抒发了对亲王不至的悲伤之情。

翌日一早，霜耀晨光，亲王送来书函慰问道：

不知你此刻如何？

我便回道：

残夜孤待天光明，

晨霜熠熠摧心肝，

世间凄景莫过此。

亲王如往常般写了些动人之言过来：

孤恋独思实无趣，愿君用情若吾浓。

我遂修书复歌云：

妾是君来君亦妾，二人之心何有别？

就在这书信缱绻间，女方似是患了伤寒，病虽不重，却甚为不适，由是亲王便时时来探看。渐觉好转之际，恰亲王来信询问：

觉得如何了？

女方遂答复道：

已经好些了。我还想再多活些时日，但这想法委实罪孽深重[1]。可即便如此……
恩爱断处命欲绝，玉绪因君重获珍。[2]

亲王收到后回复云：

---

1　佛教式思想，认为对生命的执着是一种罪孽。

2　此和歌意为："若亲王不再来访，我亦无意存命于世。而现在，因了亲王我又再度珍视起这脆弱无常的生命。"绪：串玉的绳子，因其易断，常用来喻指脆弱无常的生命。

这可真是太好了，好极了。

并附和歌一首：

玉绪之命怎断得，山盟海誓结同心。

《和泉式部像》，歌川国芳 绘

就在这细语种种间，今年已将近尾声，我便想着待来年春天再入亲王府邸也不迟。十一月初，一个大雪纷飞之日，亲王捎信来云：

　　旧雪纷纷神代始，

　　万古不变自降来，

　　今之初雪使人欣。

遂复以：


　　初雪临冬耳目新，唯有此身旧腐去。


我们就互相吟咏着诸如此般缥缈虚无的和歌以度时日。

尔后，亲王又有信至，上书：


　　久未谋面，本欲前去拜访，可众人却似有诗文[1]

之会……


见其言如此，我便咏歌回函：


　　君若无暇妾自往，

　　诗文之道鹊桥路，

　　煌煌其华两欲知。

_____

1　指汉诗。

亲王阅之，不禁觉得十分有趣，回道：

洒扫以待卿且至，

授道诗文晓鹊桥，

相逢最是喜不禁。

一日清晨，霜色较之以往更为晶莹洁白，亲王遣使送信
询问道：

今日之霜，不知你有何感？

我遂回道：

凛凛寒夜搔羽鹬，

辗转无眠待君人，

空数落霜几晨朝。[1]

加之近来雨势滂沱，便又咏道：

雨雪连绵无休日，

君情不至恩爱浅，

长夜望断晨霜白。

亲王当夜便至了，如往常般说了一些虚妄无常之语，继
而却惶惶不安道："等你移入府邸后，若我去了寺庙，当了和
尚，两人又无法相见，想必你会十分失望吧。"我听了心下
一惊：不知亲王所言为何意，又或者说这样的事亦有可能发
生？念及此处，不由得悲伤难禁，泪下潸然。彼时正值外头
微雪之雨静静洒落。我们一夜无眠，情话种种，结下了今生

---

1 此和歌将等待亲王的自身比作寒夜搔羽片刻难安之鹬，表达了"亲王不至辗转
无寐，空看天际转白，霜落大地"的凄情。其中"搔羽鹬"化引自无名氏《古
今和歌集（恋五）》："鹬鸟搔羽晓寒中，长夜无宁恰如吾，辗转不寐待君至。"

来世的誓约。正因亲王待我柔情似水，千依百顺，我才决心入住亲王府邸以明心迹。可若是亲王出家为僧，那么我便也只能偿还夙愿，入庵为尼了。一想到这儿，就心下凄然，唯默然垂泪。亲王见状，歌而咏道：

虚无缥缈话将来，漫漫长夜……

我遂接口：

……泪如雨。

亲王的神色一反往常，显得脆弱不安，说了许多如上之言。夜消曙至，他便回去了。

其实我也并非有何指望奢想，只为了慰藉心中寂寥才决意入府，可现在亲王却突然又说要出家为僧，事到如今我究竟该如何是好呢？一时我竟千头万绪，心乱如麻，遂向亲王寄言：

所言之事倘成真，

妾心伤悲不能言，

唯欲昨宵如梦逝。

虽心有此想，可昨夜之事又如何真能成梦呢。


又于纸的一端添笔道：


山盟海誓情意深，

一朝为僧俱成空，

世事无常才是常。

真教人悲叹不已。


亲王阅后，回复道：


原欲先写给你的。

昨宵之言勿当真，

共枕之夜荒唐语，

权当梦呓任其逝。

你要将我们的关系看作无常世事吗？这样就太
性急了。

唯有生命无常数，

盟誓之情住吉松[1]，

代代无改恒如斯。

卿卿啊，昨宵妄语切莫再提了。因此事由我而
起，心中更觉难受。


此后，女方更是悲情满怀，哀叹连连。与此同时，亦懊
悔不迭：要是早点做好移入亲王府邸的准备就好了。午间时
分，亲王送来书信，但见和歌一首：


"思恋灼灼急欲见，

山中居人垣下花，

---

1　此和歌中的"住吉松"化引自无名氏《古今和歌集（卷杂上）》："我见之时
沧桑著，住江岸边姬松立，不知已经几世代。"喻意恒久不变之物。

《春告鸟与梅花》，歌川广重 绘

大和抚子美如卿。"

《《古今集》》

我展读之下不禁脱口而出："哎呀，他真是如痴似狂。"
遂答以：

"眷恋如斯但且来，神明不禁相爱道。"

《《伊势物语》》

亲王看了不由得莞然噬笑，因近日正在修习经文，便回
复云：

恩爱相会非神忌，

怎奈今日礼佛中，

离席不得难见君。

我亦回函云：

妾自相往寻相见，

君且就坐法筵上，

潜心佛道毋费神。


就在这种种书信往来间，时日消逝。一日，大雪纷飞，树枝上积雪皑皑，亲王将书信绑缚于染雪枝丫遣人送来，上有和歌一首：


大雪盈盈低枝丫，

恍若梅花竞争妍，

春遥未及香不至。


我便酬以答歌如下：


道是早梅试折枝，

忽而散落片片雪，

雪落花开教人疑。

翌日一早，亲王又捎信而至：


冬夜思情搅人眠，

无缘得见袖单敷，

不觉宵尽窗启明。


我遂回复道：


哎呀！

冬夜至寒水成冰，

噙泪双目冻不开，

终得睁眼天光白。


如此云云间，一如往常，心中寂寥聊以得慰，而时光如
水逝去。多么虚幻无凭啊！

《藤川：山中里旧名都山图》，歌川广重 绘

不知亲王心中究竟作何想，又捎来些脆弱不安之语：

我怕是无法长久于世吧。

见其文若此，我便回道：

故事代代自古传，

君情妾意犹若此，

落得孤身怎堪忆。

亲王亦以歌相答：

红尘世间烦忧多，虽是须臾亦难耐。[1]

虽吟咏如此，却私下找寻安置女方之所，亲王暗自思量道：毕竟是陌生之地，恐怕她会感到无所适从吧。况这个府邸人多口杂，兴许亦会出些不逊之语。然而事已至此，现在只好由我将她带来了。十二月十八日，一个月色澄明之夜，亲王抵至，如往常一般说道："来，上车吧。"我本以为只是今宵一夜，独自一人上了车，却又听得他说："带上个人同行吧，我想跟你从从容容地说话。"我闻言不免心下揣度：往日亲王从不曾要我带人同往，莫非他是打算将我就此安置于府邸之中？遂携了一个侍女同往。果不出所料，所到之处并非往日之地，其间更悄然设有侍女相候，一副布置万全唯待入住的模样。有何必要大张旗鼓地迁居呢，让人不明究竟何

---

1  此和歌表达了亲王的厌世之感。

时入府反倒更好。如此想着，待到天明后，我差人回家去取了梳妆匣来。

因亲王在内，屋里的细格子门窗便暂时没有开启。虽室中昏暗却并不至使人畏怯，唯觉尴尬窘迫。亲王见状，说道："马上就搬到北边的对屋[1]去吧，此地太靠近外头，全无清幽雅致之感。"我遂将细格子门窗全部放下，凝神静听。他又说："白昼之时，会有女房及院之殿上人等纷纷聚集于此，怎么待得下去呢。加之就近观我，你必会大失所望，一想到这儿，我就觉得痛苦难耐。"我便回复道："我也正有此担心呢。"[2]亲王闻言而笑："我现在可是跟你说正经的，晚上到我那儿去的时候你要留神，怕是会有些无礼之徒暗中窥看。稍过些时日，你就可以搬去宣旨[3]所在之地了，那儿可不会有人随意前往，其屋中亦……"而后过了两日，亲王将女方安置到了北边的对屋。见此，府上的女房皆大为震惊，

---

1　正妻所居建筑。

2　女方同样担心亲王就近端视自己而心生失望。

3　女房官名的一种。特指侍候亲王的女房。

连忙将之禀报给了夫人。夫人闻后遂向亲王道："在没有这桩事以前你的行为已经够荒唐无度了。那个女子又不是什么身份高贵之人，这样做太过了。"夫人转而又想：想是亲王对此女格外钟爱才将她偷偷带进来。故而不由得心有嫌怨，不悦之色较往常更甚。而亲王亦觉于心有愧，一时不再踏入夫人之房。加之人言藉藉，又顾念到女方的感受，亲王便总在其房内。

夫人由是向亲王嘤嘤哭诉[1]道："我听闻有这样[2]的事情，为何不坦然相告呢？您要如此，我无法阻拦。可闹到这般境地，害我成为众人笑柄，我真是无脸见人了。"亲王托辞道："平日使唤侍女难道你心里没数吗？都是你总抑郁不乐，板着一张脸，中将[3]等人才对我心怀憎恶。我亦见而心烦，故唤此女来服侍于我，做些梳发之事。你也可以召她去伺候你。"夫人听了大感不悦，却不再说什么。

---

1　指一段时日后亲王再度进入夫人居室时。

2　指和泉式部入府之事。

3　女房官名的一种。

《隐岐：焚火社》，歌川国芳 绘

就这样数日过去了，我已渐渐习惯府中生活，白天就侍奉在亲王近旁，照料其梳发起居之事。亲王亦毫不避讳，事事皆唤我来伺候。我不曾从亲王跟前离开半步，而亲王去往夫人之房的次数也日渐稀疏。夫人唯有哀叹不已。

岁序更替，正月初一之日，在冷泉院的礼拜典礼[1]上，群臣觐见，亲王亦处其中。在众人间，他显得尤为年轻[2]俊逸，

---

1　一种贺年仪式。

2　当时亲王二十四岁，而据推测和泉式部已二十七岁。

卓尔不凡。眼见着这绝美丰姿，我不禁感到自身卑微不堪。夫人房中的女房也蜂拥到房门附近看热闹，但她们最先看的却不是众朝臣，而是说着"快看那个人[1]！"在拉门纸上戳出个洞来，吵吵嚷嚷个不休。那情形真教人替她们难为情。日暮时分，礼拜典礼结束后亲王便回到府邸。众多公卿相送而至，遂有管弦之乐助兴，颇具意趣。可我却不由得回忆起了往昔家中闲寂寥落的生活。

就在如此侍奉之际，下人间竟也有令人不悦的谣言传播开来。亲王闻之，不禁想：夫人怎可如此恶意揣度、毁谤于她，真使人嫌恶。由是，亲王对夫人的厌弃之感更盛，极少踏入其房。事情发展到如此地步，我对夫人感到十分过意不去，可如何是好呢？然而终究又无可奈何，眼下唯听任亲王之意侍奉左右。

---

1 指和泉式部。

《风流锦绘伊势物语（二十四枚）》，胜川春章 绘

二十二 终局
—— 夫人退去

夫人的姊姊[1]，是奉侍东宫[2]的女御[3]。她于回乡省亲之际，给夫人寄了一封书信，上面写道：

> 不知你可安好？近来人们口中相传之谣言，可为属实？看来连我都没被放在眼里呢。晚间时分上我这儿一聚吧。

---

1 指藤原娍子（972—1025），藤原济时（941—995）之女。
2 当时的东宫太子为居贞亲王，乃敦道亲王之兄，是后来的三条天皇。
3 在天皇寝所侍奉的女性，身份在皇后、中宫之下，更衣之上。

夫人阅毕不禁想，哪怕是没有此等事情，都已经流言纷纭了，况如今更不知他们会说出什么刺耳之语。念及此处，夫人心中忧思更重，遂回信道：

前信拜阅。我跟亲王的关系，始终不尽如人意，近来更是发生了一件颜面尽失之事[1]。哪怕片刻也好，但请一见，若能得见小亲王们[2]，亦可慰藉吾心。万盼姐姐遣车来迎，我既已决意出府，无论亲王说什么皆会一概塞耳不闻。

继而便把归省所需之物一一收拾停当，并命人将脏乱不堪之所打扫干净。夫人随后说道："我打算暂且返乡一阵子。这样待着亦是无趣。而亲王长久不临驾，想必他也于心难安。"众女房闻此，皆你一言我一语："真教人难以置信。世人都在讥笑王爷呢""那女的入府时，王爷还亲自去将她接

---

1　指和泉式部入府之事。

2　当时藤原娍子已有四男二女。

来，真叫光彩夺目呢""她就住在那个屋里，听说王爷白天要过去好几趟呢""该好好惩罚一下王爷才是，这么久都不过来"……诸如此类，甚为愤愤不平。夫人听到这些话语，只觉得心如刀割，万念俱灰：罢了罢了，近段时间我亦不想与亲王相见交谈。因曾央请道"万盼姐姐遣车来迎"，一听得兄弟们来告诉："女御大人有请。"心下便明白是先前拜托的车来了。而宣旨听闻夫人的乳母正在命人收拾清理房间的脏秽之物，遂慌慌张张向亲王禀告："因这般那般的缘故，夫人似是要搬走了。这要是传入东宫太子之耳，可不得了呀。亲王快去劝劝吧。"女方见此状，虽觉心有愧疚，甚为难安，可念及这并不是自己能够多嘴之事，便唯有默然听之。其中有些话语刺耳不堪，令人直欲离开，可要是如此会引发不悦之事[1]，遂只好依旧侍立在旁，不由得暗暗悲叹：此身真是忧思难绝。

　　亲王进入夫人之屋时，夫人佯装一脸无事。"这是真的

---

1　指不好的流言。

吗？听闻你要去女御之所。备车之事，为何不与我说？"面对亲王如此诘问，夫人亦只是淡淡地回道："也没什么，因为是那边主动说要来接我的。"此外再无他言。

亲王夫人的写信方式、女御大人的说话口吻，实际并不如此，想是作者根据推测而作，原书如此记载道。

春来遍是桃花水

不辨仙源何处寻

《桃花春燕图》，歌川广重 绘

和泉式部出生于一个官宦之家。其父大江雅致生于书香门第，饱读诗书。因此，和泉式部自幼便跟随父亲习咏和歌。大江雅致在冷泉天皇的皇后昌子内亲王为太皇太后的时代任大进（三等官上位）一职，后又任木工头、越前守等职。母亲为越中守平保衡之女，曾为昌子的乳母，即介内侍。因而，雅致一家与皇后昌子的关系十分亲近。昌子罹病时，曾移居大江雅致之宅（实为权大进橘道贞的府邸），并崩逝其中。其亲密程度由此可见一斑。基于这样的家庭背景，和泉式部似乎在少女时期就已经入仕宫中了。

在约二十岁的时候，和泉式部迎来了她的第一段婚姻。

丈夫是橘道贞，出身受领[1]家庭，曾于长保元年（999）二月出任和泉守（和泉式部的女房名亦来源于此），极具才干，颇得藤原道长的重用。新婚伊始，二人恩爱甚笃，并育有一女，名为小式部内侍。至此，可以说和泉式部的人生是相当顺遂完满的。但不久，道贞因职务之需远赴他乡，而和泉式部则仍留守京都。两人从此天各一方。

就在此异地而居之时，和泉式部陷入了与为尊亲王的恋情之中。为尊亲王是冷泉天皇的第三皇子，俊美风流，且与和泉式部年龄相仿。这二人的恋情究竟是如何开始，其经过又是怎样，我们已无从知晓（有传言，为尊亲王最初是受了和泉式部所咏和歌的吸引）。令人唏嘘的是，这段恋情只维持了一年左右，两人便天人永隔。当时瘟疫盛行，沉迷于情爱之中的为尊亲王不顾众人劝阻，仍频频往来于和泉式部与新中纳言[2]的居所。最终不幸于长保四年（1002）六月十三日染疾逝世，年仅二十六岁。

---

1 平安时代中期以后，实际赴任地的国司。

2 当时的一位宫廷女官。

而后，二人的恋情被披露于世，成为当时的一大丑闻。面对着众人的口诛笔伐，父亲大江雅致与和泉式部断绝了父女关系，丈夫道贞得知后也愤然离去。可以说，随着为尊亲王的逝世，和泉式部霎时一无所有，众叛亲离。她在伤心与孤独中度过了一年。

　　翌年四月十余日左右，和泉式部又体会到了恋爱的苦涩，这便是《和泉式部日记》的开始。对方是敦道亲王，即为尊亲王的胞弟，当时二十三岁，和泉式部要比他长两三岁。敦道亲王任大宰帅，故又被称为帅亲王。透过《和泉式部日记》，我们可以看到一个情感细腻、易于动摇、稍显轻浮却歌才出众的亲王形象。

　　以一枝悼念亡兄的橘花为契机，敦道亲王与和泉式部开始有了书信交流。在一往一返之间，亲王渐渐为和泉式部的和歌所折服，心生缱绻之情，并最终于同年十二月十八日将和泉式部迎入亲王府。虽然和泉式部在王府中的地位只停留于召人[1]之位，但实际上受到的是正妻的待遇。由此，敦道亲王的王妃愤然离府，搬去其祖母之所。有关这件事，《和泉式部日记》中也有记载。随着王妃的离去，敦道亲王与和泉式部的关系亦为众人所知。日记于长保六年（1004）临近尾声，这许是因为二人的关系已移入了公开阶段。同年二月，亲王与和泉式部前往藤原公任的白河院[2]赏花，四月贺茂祭之时的二人同车事件则更显示了他们公开挑衅世间非议的昂扬姿态。亲王与和泉式部如此炽热的爱恋维持了有四年半之久，一直到宽弘四年（1007），亲王以二十七岁之英年病殁，才告以终结。和泉式部的悲恸之情在《和泉式部续集》所收录的一百二十二首挽歌中体现得淋漓尽致。

敦道亲王死后，和泉式部为其服丧一年，后于宽弘六年（1009）四月前后入仕彰子皇后。不久，她便与年长她约二十岁的藤原保昌结婚。保昌作为道长的家司之一甚为受宠，曾任肥后守、丹后守、摄津守等职。但和泉式部与保昌

1 指近侍的得宠女性。
2 藤原公任位于北白川的别墅。

之间的关系似乎并不十分融洽。万寿二年（1025），其女小式部产后因病去世。这对和泉式部打击很大，和泉式部因此卧病在床。

此后和泉式部又活了多久，详细已不可考。但据所献和歌推测，和泉式部享年应不少于五十岁。

沈佳炜

"相思形色露，欲掩不由心。"

《和泉式部日记》是一部由日本平安时代的才女和泉式部执笔的日记文学作品。和泉式部曾与《源氏物语》的作者紫式部同为侍奉中宫彰子的宫廷女官，才华横溢，被后世尊为"中古三十六歌仙"之一。她传世的文学佳作众多，多首和歌被后世选入经典和歌集《小仓百人一首》之中。

和泉式部一生情爱经历丰富，勇于追求真爱，不顾世俗道德的枷锁，在当时便因复杂的男女关系而招人非议。此前，和泉式部与亲王的兄长为尊亲王相恋。为尊亲王为了和泉式部不惜冒着疫病的风险频频外出，最终不幸死于疫病。

当和泉式部还沉浸在痛失爱人的悲伤与迷惘之中时，敦道亲王执一朵橘花而来，叩开了和泉式部的心扉。渐渐地，和泉式部也放下了对昔日情人的哀思，接受了风流倜傥的敦道亲王的爱恋。从开始两人间的互相试探，到恋情正浓时既无法自拔、又对未来抱有忧虑，再到两心盟誓、冒天下之大不韪移居一处，其中点点滴滴的心情与恋爱的细节都展现在了这本日记之中。

值得一提的是，敦道亲王虽然也是风姿出众之人，却不幸如兄长为尊亲王一样早逝，与和泉式部仅仅恋爱数年便撒手人寰。此后，和泉式部再嫁藤原道长的家司藤原保昌，却始终没有忘怀与情人们的昔日真情，写下大量的诗歌作为纪念。

可能许多人会抱着窥探和泉式部绮丽情史的心态来看待这部作品，也许也可以凭借这本日记满足这份"八卦"之心。但是，如果仅仅将这部作品当作和泉式部情感生活的注脚，不免太过牛嚼牡丹，失其精华所在了。这本日记不仅是对女子风月之事的忠实记录，同时也具有很高的文学价值与历史价值。

从和泉式部与敦道亲王两人缱绻缠绵的往来和歌中，读者可以窥见《万叶集》诗脉的传承。《源氏物语》的作者紫式部在评价同世的才女时虽然"毒舌"，在她的日记（详见本系列图书之《紫式部日记》）中指责了和泉式部恋爱的随意，但也承认了和泉式部的文采：

> ……其文字颇有趣味……当她在信笺上随手挥毫时，就能展现出写文章的天分，字里行间文采斐然。她作的和歌也很有韵味。……随口创作的和歌里，却总有一点引人注目的趣味。

和泉式部的和歌重在感情真挚，其恋歌与哀歌尤为动人。尘世虽然无常，但爱情的魅力是永恒的。千年以来，无数人就是如此被和泉式部的热情与率真所打动，并为她的奇思与巧构所折服的。

在遥远的平安时代，记录了女性生活，特别是真挚地记录了女性内心情感活动的私人记录是极为罕见的。而《和泉式部日记》正为我们了解平安时代贵族女性的内心提供了一扇难能可贵的小窗。窥一斑而知全豹，读者不仅可以借由本书了解和泉式部在恋爱中的喜怒哀乐，亦可以小见大，了解当时的世事人情和风俗伦理。

心情寂寞的时候，就来读一读这本精致隽永的《和泉式部日记》吧！

编者

2022 年 1 月

《金丝雀与山茶花图》，歌川广重 绘